기억이동장치

문학과지성사에서 펴낸 신영배의 시집

오후 여섯 시에 나는 가장 길어진다(2009)
물속의 피아노(2013)

문학과지성 시인선 R 08
기억이동장치

펴 낸 날 2015년 1월 16일

지 은 이 신영배
펴 낸 이 주일우
펴 낸 곳 ㈜문학과지성사

등록번호 제1993-000098호
주　　소 121-894 서울 마포구 잔다리로7길 18(서교동 377-20)
전　　화 02)338-7224
팩　　스 02)323-4180(편집) 02)338-7221(영업)
전자우편 moonji@moonji.com
홈페이지 www.moonji.com

ⓒ 신영배, 2015. Printed in Seoul, Korea

ISBN 978-89-320-2687-9

이 도서의 국립중앙도서관 출판예정도서목록(CIP)은 서지정보유통지원시스템 홈페이지
(http://seoji.nl.go.kr)와 국가자료공동목록시스템(http://www.nl.go.kr/kolisnet)에서
이용하실 수 있습니다. (CIP제어번호: CIP2015000872)

문학과지성 시인선 R 08

기억이동장치

신영배

2015

시인의 말

밀물이 밀려와 말간 집을 짓고
썰물이 환하게 집을 지우는 풍경
해안선

물결로 미소를 지으시는 어머니와
바람에 가슴이 닳은 당신에게

2006년 가을

파란 상자를 열고 들어갔다. 그 시절의 날개를 달고 시들을 안았다. 몇 편을 지우고, 몇 편을 고치고, 시집의 구성을 새로 짜는 일, 그리고 단어 하나, 조사 하나를 다시 만지는 일. 이 상자 속의 일은 부끄러움과 그리움을 다루는 것이었다. 발은 붉고 시와 나는 아직도 멀다.

2015년 1월

기억이동장치

차례

제1부

정오

계단 위에 화분
화분 밑으로 물이 흘러내려
계단이 한 칸 두 칸 세 칸 젖어 있다
화분 옆에 소녀
엉덩이 밑으로 그림자 흘러내려
계단이 비스듬히
한 칸 두 칸 세 칸 젖어 있다
해가 머리 위로 움직인다
계단 위 물 한 칸이 마른다
계단 위 그림자 한 칸이 마른다
바람이 사람처럼 지나간다
다시 한 칸 물이 마른다
다시 한 칸 그림자가 오그라든다
뒤에서 문이 열렸다 닫힌다
소리 없이 집이 열렸다 닫힌다
마지막 한 칸 물이 마른다
마지막 한 칸 소녀가 지워진다

길 한 토막

늙은 나무는 발아래
빳빳하게 죽은 물고기들을 쌓아놓고 있다
스무 마리 조기를 흥정하던 사내는
길에서 사라지고 없다
여자가 처진 걸음으로 길에 접어든다
은빛 목덜미의 소년이 길로 뛰어든다
푸른 물살이 길을 덮친다
여자는 히얗게 종아리가 드러난다
소년이 물속으로 휘익 사라진다
물고기들이 여자의 종아리를 베고 흐른다
물의 방향을 따라 매끄럽게
물결을 뒤집으며 거칠게
무릎까지 튀어 오르는 물고기들
예리한 물의 비늘, 아찔하여 눈을 감으면
솰솰, 물소리가 여자의 기억을 거슬러 오른다
허연 살빛으로 길이 벗겨진다
늙은 나무는 기둥을 길처럼 펼치고 있다
그 길로 기어오르는 물고기들을 잡아채고 있다

저기 사내가 나타났다

여자는 얼른 길 위의 물살을 걷어치운다

물고기들이 사라진다

길 위에

여자의 붉은 종아리

기억이동장치 1

비가 내리고 창 안으로 습기가 스미자
유리창에 서서히 하얀 손바닥 지문이 일어납니다
그녀는 손을 가만히 가져다 대봅니다
누구의 손일까?

고운 붓이 닫힌 살결을 살살 털어내면

이동합니다
지문이 살아나고
유리창에서 불뚝불뚝 솟아난 손이
그녀의 손을 잡아끌고 사라집니다

그녀는 강가를 거닙니다

손은 차갑지만 부드럽습니다
　그녀는 자신보다 빨리 손을 따라가는 그림자를 내려다봅니
다 몸에서 빠져나가기라도 할 것처럼 그림자는 허우적허우적
손을 따라갑니다 어떤 길의 냄새가 춤을 춥니다 제 그림자를

놓치지 않으려고 그녀가 다리를 쭉쭉 늘입니다 젖은 돌들을
밟고 휘청거릴 때 손이 그녀를 잡아줍니다 부드러움이 살짝
그녀를 안습니다 손은 이미 어제의 길을 알고 있습니다 그녀
는 이 손을 강가 어느 지점에 떼어버려야 한다는 것을 알고
있습니다

비가 내릴수록 강은 어둠으로 수면이 올라갑니다
아슬아슬 수면에 올라서 있는 그림자
물에 떠내려간 몸뚱어리를 찾고 있는
반쯤 혼이 나간 그림자

덜컥,
발이 빠집니다
강가에는 자신의 그림자를 꺼내 덮고 누워 있는 사람들
온몸을 고스란히 어둠으로 칠하고 물에 불은 사람들
기억은 검은 비닐을 떠들어
익사한 사람의 얼굴을 대하는 것만큼 차갑습니다

그녀는 그냥 집으로 돌아옵니다

손에 쥐여 있던 손을 도로 유리창에 붙여둡니다

훅, 비린내가 체취처럼 일고

여기저기 숨어 있던 지문들이 살아나는 새벽

욕조

몸속에 소녀가 들어서는 때가 있다
애 들어서듯이 내 몸에 입덧을 치는
소녀가 있다 어둠 속에서
그런 날엔 암내도 없이 내 몸은 향기롭다
내 몸에 소녀가 들어서는 날을 어떻게 알고
아버지는 어김없이 나를 찾아온다
이십 년 전 죽은 젊은 얼굴을 하고
소녀를 찾아온다 그러고는 운다
소녀는 아버지의 눈물을 처음 본다
소녀도 운다 말간 몸뚱어리를 물처럼
서로의 몸에 끼얹어주는 풍경
눈물이 내 몸속에 양수처럼 차오른다
내 몸에서 물이 빠져나가는 시간
소녀도 아버지도 빠져나가고 나면
내 몸은 누운 채로 보얗게 굳어 있다

마른 피

봄 햇볕이 피처럼 마른다
하늘 위에 둥근 핏덩이가 떠서 하루 종일 마른다
바람이 눈을 할퀴어놓고 지나간다 붉은
눈물이 눈 속에서 마른다 황사가 목구멍을
파고 들어온다 모래가 내 몸 안쪽으로 길을
내고 있다 마른 강바닥에서 퍼덕거리는
어류처럼 모래알들이 튀어 오른다
길은 말라 있고, 내 몸속이 사막이다
일사병에 걸린 여자가 쓰러진다 내 몸속에서
방금 초경을 시작한 소녀가 뜨거운 모래
위에 쓰러진다 허연 나체의 여자들이
현기증처럼 내 몸속에서 피어났다가
순식간에 마른다

여자의 손톱 끝에 마른 피가 조금 남아 있다
그녀는 간신히 한 남자의 기억을 손끝에
움켜쥐고 있다 자라난 손톱을 시간이
다가와 바짝 잘라낸다 마른 피가 툭툭

여자의 허벅지 위로 떨어진다 밤새
여자의 손이 흰 치마에 묻은 마른 피를
찬물에 지우고 있다
사랑했던 남자의 잘린 손목을 지우기 위해
얼마나 많은 물을 퍼 올려야 할까
물을 퍼 올릴수록 몸속에는 더 깊은
사막이 내려앉는다 얕은 물길을 따라
사막의 짐승들이 내 몸 밖으로 메마른
울음소리를 낸다 볼 위로 흐르는 눈물
속에 구부정한 사막의 짐승이 말라 있다

봄, 여자의 웃음이 마른 핏빛이다

누드

언니와 나는 살이 안 닿아 있다 멀다 여동생과 나는 살이 닿아 있다 가깝다 언니와 여동생은 내 몸을 거쳐 대화를 한다 나를 사이에 두고 한쪽은 벙어리다 언니는 아이를 낳았고 여동생은 죽었다 나는 언니의 말을 여동생에게 전한다 여동생의 죽은 말을 언니에게 옮긴다 나는 두 알몸 사이에 있다

나랑 살던 여자

집에 물이 차서 침대가 카스텔라처럼 젖다 2인용 침대 매트를 혼자서 옥상으로 나르다 옥상에서 떨어져 죽은 여자를 다시 옥상으로 끌고 올라가다

수족관, 요리사, 물고기, 여인

비가 내리고
집이 있는 쪽으로 하늘이 기웁니다 사내가
수족관 속에서 물고기 한 마리를 떠 올리자
물이 왼쪽으로 기웁니다
물의 표면이 밖으로 빠져나간 물고기 부피만큼
흔들립니다 오후의 비 오는 거리가
수족관 속에 들어 있습니다
검은 구두 발등 위에서
헤엄치는 납작한 물고기 한 여인이
수족관 속으로 걸음을 재촉해 들어옵니다
사내가 펄떡거리는 물방울을 들고 주방으로 들어갑니다
물방울은 꼬리와 지느러미의 힘이 거세
손을 빠져나갈 듯, 사내는 재빨리 도마 위에
물방울을 올려놓고 칼끝으로 머리를 찍어 누릅니다
여인이 검은 빗속으로 깊숙이 손을 넣었다 빼자
손바닥 위에 붉은 핏방울이 놓입니다
오래되고 낡은 상자를 짚은 듯, 넘어지던 기억의
여인이 쓰러집니다

얼굴이 수족관 바닥에 가라앉습니다
사내의 손이 다시 수족관 깊숙이 들어갔다 나가고
물의 표면이 왼쪽으로 더욱 기웁니다
도마 위에는 여인의 얼굴이 놓입니다 물방울이
새파랗게 질린 얼굴입니다 사내가 칼끝으로
물의 배를 가르자
빗줄기의 하단이 부욱 찢어지고 뜨거운 내장이
쏟아집니다 여인이 손에 쥐고 있던 핏방울을
가만히 내려놓습니다

물뱀

여자는 소리 없이 누워 있다 물가의 나무는 살이 녹아드는 줄도 모르고 허연 뿌리를 여자의 몸속에 집어넣는다 수맥이 열리고 수천 년 묵은 물속에는 나무의 그늘이 산다 미끄러지 듯 움직이는 여자의 몸 위로 하늘이 푸른 허물을 벗으며 내려 앉는다 여자의 몸에는 푸른 혈관과 갓 피어난 꽃잎 문신이 있다 여자의 희고 차가운 배가 산허리 아래를 감아 돈다 여자의 머릿결이 발끝까지 닿아 출렁인다 그 물결 속으로 어두운 짐 승들이 들어가 고요히 뼈를 푼다 눈부신 비늘이 여자의 아픈 몸을 깎아내고 있다 서늘한 살빛, 눈이 풀린 여자가 알몸으로 누워 있다

집들의 시간

집 안에 들어앉아 있으면
언제나 밖에선 집 짓는 소리가 들렸다
집을 나왔을 때 늘 다니던 길 위엔
새집이 한 채 턱, 길을 막고 서 있었다
나는 길을 돌아가야 했다 새집이 안으로
빨아들인 길을 생각하며 내 걸음은 조금씩
습관에서 벗어났다 여러 갈래 길들이
소리를 내며 집들을 짓고 있었다
뚝딱거리는 그 소리를 밟으면 나는 어느새
집 속에 들어가 있었다 나는 문을 열고
집을 나온다 돌아보면 또 다른 집 속에 내가
다시 문을 열고 집을 나온다 돌아보면 다시
집 속에 내가 다시 문을 열고

날마다 밖에서는
집을 허무는 소리가 들렸다 그것은
어제 듣던 소리보다 더 무거웠다 지붕을
뜯어내고 백열전구가 터지는 소리 문을

뜯어내고 초인종이 계속 울리는 소리 벽을
허물고 시간이 바닥에 떨어지는 소리 거울을
떼어내고 얼굴들이 깨지는 소리 그 소리들이
내 집까지 다가와 벽에 금을 내고 있었다
나는 집 안에 들어 있는 길을 꼬옥
끌어안았다 그리고 문을 잠근다
끈질긴 소리들이 문을 열고 들어온다
나는 달아나 집으로 들어가 문을 잠근다
돌아서면 문이 열리고 집이 쓰러진다
나는 다시 달아나 집으로 들어가 문을
잠근다 돌아서면 다시 문이 열리고
집이 쓰러지고 나는 다시 달아나
집으로 들어가

검은 수족관

물이 서서히 내려간다
자정을 넘긴 어둠이
아래로 아래로 곱게 눌린다
물고기는 등이 간지럽다
네모난 바다 앞에 앉은 소녀는
사는 게 지루하다고 생각한다
유리문 바깥에 남녀가 손을 잡고 서 있다
수면이 남녀의 가슴 아래로 내려간다
손이 풀어지며 그 사이에서
물고기가 빠져나온다
수면을 건드리며
자동차가 천천히 지나간다
물고기가 빠르게 방향을 튼다
의자에 앉은 여자는 허벅지가 저리다
사는 게 살을 도려내는 거라고
여자는 생각한다
수면이 점점 내려가
바닥에 꿈틀대는 고양이 등에 내려앉는다

물고기는 등이 서늘하다
식당의 낮은 탁자 속에 두 다리를 집어넣고
늙은 여자는 잠을 잔다 한쪽으로
몸을 웅크렸다 등에 칼이 꽂혀 있어
그녀는 바로 누울 수 없다
수족관을 다 빠져나온 물이 천천히
바닥을 기어 집 밖으로 나간다

즐거운 놀이

어느 날
바닥에 납작 엎드려 있던 내 그림자가
똑바로 일어나 서 있기 시작한다
내 몸을 간단히 밟고
그림자는 완전히 나를
바닥에 눕혀놓는다
검게 일어선 무게, 낯선 하중에
내 몸이 눌려 있다
일어선 텅 빈 몸이 바람에 뜬다

어느 날
담장 아래 깔려 있던 집 그림자가 일어선다
지붕을 얹은 딱딱한 집은 바닥에 드러눕는다
집이 텅 빈다

문을 받쳐 들고 있던 그림자가 일어선다
문이 열린다

길바닥에 붙어 있던 나무 그림자가 일어선다
그늘이 싱싱하다

땅 위에서 금을 밟고 있던 그림자가 일어선다
얼었던 소녀가 풀린다

강물이 낮게 엎드리고
강물에 비친 그림자들이 일이선다
자전거, 풍선, 원피스, 양산, 얼굴, 웃음……

물빌딩

벤치에 앉아
빗물 웅덩이를 내려다본다
물속에는 빌딩이 거꾸로 서 있다
한낮에 물로 서 있는 빌딩
그 위로 여린 나뭇잎이 떨어지고
붉은 꽃잎 달라붙고 새털이 살살 뜨고
날벌레 한 무리 가볍게 부풀고
바람이 이들을 이끌면
물이 잔잔히 울음을 터뜨린다
물로 서 있는 빌딩이 모서리를 떨며
운다
그림자 한 덩어리가 느릿느릿 지나가는 동안

비 그친 낮, 너를 만나러 간다
거꾸로 서 있는 물빌딩 속
창가에 서 있는 너를 만나러
도시를 맨발로 훑고 다닌다
눈앞에는 흔들리는 빌딩이 있고

계속 걸어도 너는 닿지 않는다
만나도 서로 뒤집혀
안을 수 없는 공간
바람이 우리를 이끌면

마르는 빌딩

거꾸로 걸린 그림

사내는 집을 옮기는 중이다 강물 위에 다리가 있고, 다리가 물가에 내려놓은 그늘 속에 사내의 집이 있다 사내는 등에 기대고 있던 그늘을 들어 강으로 던진다 비닐 소파가 강물 속으로 들어간다 4°C 그늘과 다리가 부러진 기우뚱한 그늘을 강으로 던진다 냉장고와 탁자가 강으로 들어간다 두꺼운 그늘 벽을 뜯어 강으로 던진다 벽에 걸렸던 그림 액자가 강으로 들어간다 밤이 되면 거의 비워진 사내의 집은 잘 보이지 않는다 다리 위에선 알몸들이 뛰어내린다 그들도 집을 옮기는 중이다 낮에 사내의 주변에선 시신 수색 작업이 성하다 사내는 마지막으로 그늘 속에서 문을 들어 강으로 던진다 그리고 물속으로 뛰어든다 마침내 사내는 물속의 집으로 문을 열고 들어간다 사내는 물의 소파에 앉아 물벽에 걸린 물의 그림을 본다

집과 소녀

숨죽이고 아이 하나가 태어나고 자라는 방, 피복에 싸인 전선처럼 아버지의 사지가 방 구석구석에 꼬여 있어요 벽의 콘센트에 꽂힌 아버지의 굵은 혈관, 어머니가 물 묻은 손으로 위태롭게 말을 걸죠 소녀는 아버지의 사지가 뻗지 않은 높은 곳에 눈알을 매달아요 수도 파이프 속을 흐르는 물소리가 항상 어머니를 따라다니고 사팔뜨기 소녀에겐 거울들이 달라붙죠 어머니는 오늘 물로 어떤 음식을 만들까요? 식탁은 어두워서 서로 얼굴을 보지 않고 식사를 해요

안이 밖으로 드러나고
밖이 안으로 들어오는 유리문을
살짝 밀면
머리에서 발끝까지 뒤집어쓴
부르카, 눈에 붙은 감옥을 벗겨내면
바닥에 엉킨 전선에 혀를 대고
어둠의 집을 뒤집으면

소녀는 집 밖에 나와 있어요

기웃거림

계단 위에는 다시
계단만이 서 있었는데
싸리나무 이파리 그림자와
줄무늬 달팽이 한 마리
계단을 오르네
다섯번째 계단의 턱에서
다섯번째 계단의 평지로
힘껏 넘어가는 달팽이
여리고 투명한 네 살 속,
부드럽게 들어가 앉을 수 없을까
환하게 드러낸 속살, 그 상처가
온통 단단한 집이 되는 너
계단 위, 눈부시게 세워진 집 속을
발끝의 그림자가 기웃거리네

다섯번째 계단의 음지 속으로
달팽이 살이 움츠러드네
이파리 그림자가 짧아지네

오후의 혀가 붉게 흘러내리는 계단
발밑으로 줄줄 속살이 흘러내리는

공기방

아! 나는 부드러운 벽을 가질 수 있어
달걀흰자의 점액질 같은
벽, 단단함을 가리기 위해
꽃무늬 벽지를 바르지 않아도 되는
도배장이 아버지가 없어도 돼
아! 나는 눈부신 천장을
배 위에 올려놓을 수도 있어
지붕이 없어 하늘에 닿는
한없이 투명한 막
바람이 불어도 구멍 나지 않는
온몸이 구멍, 창이니까
열린 창으로 딱딱한 말들이
부드럽게 풀려나가는
고요한 물의 뜰을 가질 수 있어 아!

나는
가슴 아래 은빛 나는 배를 가지고 싶어
보송보송한 솜털로 덮인 배

물풀 사이에 그물을 짜고 수면에 떠올라
배에 공기를 가득 담아 날라야지
물거미의 위대한 일상,
물과 물의 틈을 비집고 공기방을 만들어야지
고요하고 투명한 방

시인의 말

사라지는 시를 쓰고 싶다
눈길을 걷다가 돌아보면 사라진 발자국 같은
봄비에 발끝을 내려다보면 떠내려간 꽃잎 같은
전복되는 차 안에서 붕 떠오른 시인의 말 같은
그런 시
사라지는 시
쓰다가 내가 사라지는 시

제2부

오후 두 시

사무실 창문은 너무 높아
책상을 끌고 그 위에 의자를 올려놓고
올라서야 해 A4 용지 두 장만 한 창문
짧은 치마를 입은 그녀가 책상 위로 올라가
의자 위로 올라가 힐 위에 기우뚱하게
서 있어 창문에 매달려 있어
힐 아래 여자들이 달려들어 힐 위의 그녀를
끌어 내리고 있어 안간힘으로
창문에 매달리는 그녀
몸이 발개지고 식은땀이 나는 그녀는
여자들이 발밑에 지르는 불을 상상하며
뜨거운 오후 두 시
턱을 창틀에 걸고 몸부림치며
고요한 오후 두 시
창문 밖에는 빌딩이 있고
빌딩엔 창문이 있고 창문 너머엔
다시 사무실이 있고
벽마다 오후 두 시

환상통로

문을 따고 들어서니
침대 위에 낯선 얼룩
내 사타구니쯤
변기 속엔 붉은 핏물
욕실 슬리퍼에 들러붙은
덩어리진 피
베란다로 통하는 유리문엔
진물이 흐르고 엉킨 잔털들
내 뒤통수쯤
베개 위에 찍힌 발자국
그 위로 떨어지는 깃털
높고 어두운 곳의 붉은빛
흠칫 마주치는 눈동자
장롱 위에 앉은 비둘기

그 틈, 골반만큼 벌려놓고 장롱에서 창문까지 날개의 동선
을 그려 비둘기 붉은 눈 앞에서 양팔을 벌리고 자 따라해 퍼
덕퍼덕 하늘 나는 시늉을 해 자 이렇게 창문 밖으로 날아 다

시 장롱에서 창문까지 날아 이렇게 내 몸이 붕 떠오르네 내가
내 골반을 빠져나가는 이야기

　　머리 위에 비둘기가 앉은 오후
　　나는 새끼손가락으로 근지러운 귓속을 파고 있어
　　밖에서 누군가 문을 따는 소리
　　장롱 위로 오르자

죽은 남자 혹은 연애 1

연애는 당신의 몸을 안는 것부터 시작합니다 당신의 몸은 이미 상해서 조심스럽게 안아야 합니다 봉분 속으로 들어가 당신이 누워 있는 관 속에 내 몸을 꽉 끼우고 당신을 안는 것이 꿈의 전부입니다 내 몸도 많이 상했어요 살짝 안아주세요 당신의 사타구니에서 물이 줄줄 흐릅니다 내 몸에서도 물이 줄줄 흐릅니다 물과 함께 살이 줄줄 흘러내려 당신과 나는 살의 가죽을 모두 벗었습니다 마지막 남은 눈물 한 방울이 텅 빈 심장 속으로 떨어집니다 그 물소리에 꿈의 껍질이 살짝 벗겨집니다

밥을 먹고 차를 마시고 영화를 봅니다 혹은 영화를 보고 밥을 먹고 차를 마십니다 당신과 눈을 맞추고 당신과 어깨를 부딪칩니다 혹은 정지된 당신의 눈을 감기고 흰 천을 끌어 당신의 머리까지 덮습니다

죽은 남자 혹은 연애 2

전철 안으로 그가 들어와 내 옆자리에 앉습니다 그는 검은 비닐봉지 하나를 제 목숨처럼 움켜쥐고 있습니다 검버섯 핀 손등에 말라붙은 혈관이 비닐봉지 속으로 뻗습니다 비닐봉지 속에서 피어나는 음식 상한 냄새가 그의 혈관을 타고 오릅니다 그가 숨을 들이마시면 검은 비닐봉지는 수축하고, 그가 숨을 내쉬면 검은 비닐봉지는 팽창합니다 사람들은 보이지 않는 손길로 그의 얼굴에 검은 비닐봉지를 씌우고 강을 건넙니다 그의 숨이 가빠집니다 검은 비닐의 얼굴이 거칠게 호흡을 합니다 바람이 긴 전철의 내장을 뚫고 지나갑니다 검은 비닐봉지가 그의 얼굴에서 벗겨져 내 얼굴에 달라붙습니다 숨을 내쉬면 그의 얼굴이 팽창하고 숨을 들이마시면 그의 얼굴이 수축합니다 나는 숨이 가빠집니다 그의 허파 깊숙이 혀를 갖다 대느라 입가에 침이 범벅입니다

한강을 배경으로 앞 좌석에서는 한 쌍의 연인이 키스를 합니다 격렬히 숨을 교환합니다

죽은 남자 혹은 연애 3

발끝이 썩어 들어가는 남자를 만났다 손을 잡았을 때, 나는 그의 발끝을 보지 못했다 입을 맞출 때, 목덜미에 닿은 그의 손끝이 썩어 들어가는 것을 알지 못했다 그는 바닥을 기고 있었다 무릎도 썩어 들어가고 있었다 바닥엔 검은 물이 팽팽했다 나는 그의 옆에 두 손을 짚고 엎드렸다 무릎을 타고 검은 물이 올라왔다 나는 아래를 내려다보았다 물속에서 내가 얽은 얼굴을 하고 나를 올려다보고 있었다 그 옆에선 그의 허연 해골이 그를 올려다보고 있었다 물결이 그의 가슴 쪽으로 휘말렸다가 다시 나의 가슴 쪽으로 휘말릴 때 우리는 서로의 물 그림자를 바꿔 가졌다 내가 물에 입을 갖다 대자 딱딱한 해골이 이빨에 거세게 부딪혔다 그가 물에 얼굴을 댔다가 떼었을 때 그의 얼굴은 검은 구멍이 숭숭 뚫려 있었다

죽은 남자 혹은 연애 4

집으로 들어와 바닥에 누워버린 아버지를 두고 소녀는 놀이를 한다 이틀째 외출복을 입은 채 누워 있는 아버지는 냉장고처럼 딱딱하고 차갑다 소녀는 플러그가 뽑힌 냉장고를 가지고 놀이를 한다 사흘째 그대로 누워 있는 아버지는 숨소리가 없다 냉장고를 열면 썩는 냄새가 난다 아버지는 꺼져 있다 소녀는 아버지를 이불로 꼭꼭 덮어놓는다 그리고 안에서 문을 잠근다 밖으로 통하지 않는 무덤이 완성된다

여자는 컴퓨터 앞에 앉아 있다 컴퓨터는 빛을 내지 않는다 여자는 검은 모니터 속으로 머리를 집어넣는다 눈을 반짝 뜨고 모니터 속을 휘젓는다 아무도 없다 남자가 걸어 나간 흔적이 있다 컴퓨터는 딱딱하고 차갑다 흔적이 썩는 냄새를 풍긴다 여자는 컴퓨터를 이불로 꼭꼭 덮어놓는다 그리고 안에서 문을 잠근다

블루, 당신이라는 시공간적 배경

세면대 위에서
콘택트렌즈를 빼내다 한쪽을 떨어뜨렸지
파란색 렌즈는 욕실 벽 타일 위에
둥근 몸을 말고 있어 살짝 떼어내자
그 푸른빛 속에서 말랑말랑 흔들리며
집 한 채가 딸려 나와
그 속에서 다시
네모난 방 하나가 딸려 나와
그 속에서 다시 푸른 점 하나가
나오더니 검은 뒤통수가 나오더니
펼쳐진 이불이 나오더니 이불 속에 누운
주검이 나오더니 그 차가운 방
한 여자가 주검과 사흘을 마주하고 있어

당신이 죽은 공간에서 먹는 음식과
당신이 죽은 공기 속에서 하는 말과
당신이 죽은 한기 속에서 자는 잠

푸른 물결이 한 겹 지나가고 방 안엔
한 남자가 움직이고 있어
투명한 살 속에 푸른 심장이 비치네
그 푸른 물속에서 내가 뛰놀고 있어
사흘 동안 완성되는 연애

푸른 물결이 한없이 지나가고 방 안엔
푸른 몸의 내가 누워 있어
차가운 방에서
사흘 동안의 잠과 사흘 동안의 음식과
사흘 동안의 말을 만들고 있어

기억이동장치 2

방금 시동이 꺼진 자동차 밑으로 들어가
온기 남은 타이어에 몸을 말던 고양이는
소리 없이 달려드는 발자국에 놀라
눈앞이 흔들려 까무러치다
당신 품에 안겨 있던 나는
고개를 돌리다 이마에 못이 박힌 고양이처럼
통증에 소스라친다
당신은 새벽 시동을 걸어 후진을 했다가
아직 깨어나지 않은 고양이 몸을 일자로 밟고
떠난다 헤어져서도 우리 이마에는
긴 꼬챙이가 꽂혀 있다

비 오는 거리 내가 밟은 빗물이
호두나무 검은 잎사귀를 타고 이동한다
어느 창가에 고여 있다가 벽으로 스며들다
장판을 뒤집고 올라가 소녀의 몸이 되었다가
철철 넘친다 소녀의 실명한 한쪽 눈에서
빗물이 흘러나온다

내 옆구리를 털어 간 바람은
사람들의 소매 깃을 따라 이동한다
맨발로 밤길을 더듬는 한 사내의 손아귀에서
깨진 유리 조각으로 쥐었다 풀어지는 바람

빗물보다 빠르게 바람보다 더 빠르게
네 가슴에서 내 등으로 꽂히는 꼬챙이

빗속에서 소녀의 검은 얼굴이
내 얼굴에 달라붙어 한쪽 눈을 파먹는다
내 등을 덮친 사내는 내 허벅지에
핏물을 떨어뜨린다

상처는 빛보다 빠르게 시간을 뚫고
어제 내가 너에게 찔러 넣은 것은?

빛의 놀이터

오전
놀이터에 아이가 앉아 있다
학교에 가지 않은 아이 하나, 아래
의자를 갖지 않은 그림자 하나, 옆에
테이프로 입이 봉해진 그림자 하나, 옆에
끓는 물에 홀렁 껍질이 벗겨진 그림자 하나,

그림자들은 하니로 뭉친다

오전, 눈이 풀리는 시간
나는 놀이터로 걸어 들어간다
내 그림자가 아이를 건드린다
아이가 흙 묻은 손으로 내 그림자를
주무른다 내 그림자는 흙으로 빚어진다
책상 밑에서 허벅지가 못에 찔려
빠져나오지 못하는 그림자 하나, 아래
욕과 몽둥이로 짓이겨져
상자에 담긴 그림자 하나, 아래

창고에 갇히며 냉동되는
그림자 하나,

오전, 풀린 눈이 하얗게 옆으로 돌아가는 시간
아이가 나를 쳐다본다
한쪽 눈은 나를 보고 있고,
돌아간 한쪽 눈은 버려진 나를 보고 있다
나는 놀이터를 걸어 나온다
버려진 내가 네 개의 발로 나를 따라온다

바람 얼굴

밤, 어둠 속에서 이불 속으로 슬그머니
뾰족한 물건이 들어온다 차디차고
물기가 흐르는 그것을 나는 와락 끌어안는다

아침에 일어나 왼쪽 얼굴을 오른쪽 얼굴 쪽으로
밀어준다 하루하루 얼굴이 두 조각으로
어긋나고 있다 왼쪽 눈과 오른쪽 눈이
서로 다른 곳을 바라보기 시작한다 콧날이
한쪽으로 휘고 눈썹은 서로 다른 길을 내고 있다
턱도 한쪽이 내려앉는다 왼쪽과 오른쪽이
서로 다른 사람처럼 돌아서고 있다
왼쪽 입에서 흘러나온 말이 오른쪽 입으로
들어가지 못한다 오른쪽 가슴에서 꺼낸 상처는
왼쪽 가슴에 넣지 못한다
아침마다 일어나 한쪽 얼굴을 다른 한쪽으로
밀어준다 턱뼈를 힘껏 밀어주고 코끝을
살짝 올려주고 머리카락도 쓸어준다
바람이 심하게 부는 날

한쪽 얼굴이 고스란히 바람을 맞는다
한쪽 얼굴이 다른 한쪽 얼굴에게서
더 멀어진다 그러다가 바람에 쓸려
한쪽 얼굴이 뚝 떨어져 나간다
어느 거리 간판 모서리에 걸려 있다가
비닐봉지와 함께 허공을 날다가
차바퀴 사이에서 뒹굴다가
밤이 되어 울다 울다 지친 얼굴은
다른 한쪽 얼굴을 찾아온다
이불 속으로

나비와 마네킹

골목의 뿌리가 4차선 도로 앞에서 끊어져 있다
신호등 아래
트럭이 노점을 벌여놓았다
짐칸 주황색 천막 끝에
여자의 잘린 허벅지들이 매달려 있다
그 아래엔 매끈한 종아리들이 거꾸로 서 있다
한쪽엔 여자의 잘린 골반과 가슴이 놓여 있다
스타킹과 투명한 속옷이 팔려나간다

봄 햇살이 건반을 두드리듯 나비를 건드린다

여자가 지나간다

골목 안쪽에서는 집 짓는 냄새가 난다
사내 몇몇이 철근 골조 사이에서 움직이고 있다
벽돌을 쌓고 있다

나비는 잘린 허벅지와 종아리에 붙는다

여자의 골반과 가슴에도 살짝 붙는다

햇살 속에서 일렁이며

나비는 살색 조각들을 물어 나른다

트럭의 짐칸 천막 끝에서

골목 안 새집의 냄새를 따라 나비가 난다

사내가 시멘트로 벽을 바르고 있다

나비가 벽 속에 살색 조각들을 집어넣고 있다

나는 이사한 집에서 벽을 보고 잠을 잔다

나비가 꿈을 나른다

잠든 내내

벽 속의 여자를 조립하느라 나는 분주하다

환한 대낮, 이동 침대

여자가 담배를 피워 물고 침대에 눕는다 손을 공중에 치켜
든다 침대가 흰 우유처럼 여자의 몸을 덮는다 비린내가 덮친
다 여자의 몸이 침대 속으로 들어가고 침대 위에는 여자의 왼
쪽 팔 하나가 수직으로 서 있다 손가락 사이에서 흰 연기를
뿜으며 담배가 타 들어간다 손은 살짝 담배를 집어 던진다 담
배가 공중으로 붕 뜬다 침대가 바닥에서 점점 떠오른다 창문
밖으로 침대가 서서히 빠져나간다 공중에 던져진 담배도 함께
이동한다 환한 대낮, 건물 밖으로 침대가 눈부시게 뜬다 손은
담배가 다 타 들어가기 전에 바삐 허공을 만진다 야들야들한
구름, 줄에 걸린 흰 속옷, 간지러운 새털, 회색 물웅덩이, 손
은 여자의 눈물 속으로 들어간다 단단하고 차가운 눈알을 만
진다 앙상한 해골을 만지고, 뒤틀린 골반을 만진다 슬픔이 오
래도록 맺혀 숨이 멎은 곳, 파란 가슴을 만진다 손은 더듬더
듬 여자의 죽은 살을 만진다

싱크로나이즈드스위밍, 사랑의 형식

몸 하나가 쭉 뻗어 물속으로 들어갑니다
허공에 뜬 그 발끝을 잡고 다른 몸 하나가
물로 뛰어듭니다
물속에서 그들은 부드럽게 풀어집니다
몸의 마디가 부드럽게 끊어집니다
그리고 섞입니다
그의 머리가 그녀의 목 위에 붙었다가
그의 다리가 그녀의 골반에 붙었다가
그녀의 얼굴이 그의 가슴에 붙었다가
그녀의 심장이 그의 손에 붙었다가
그들은 물속에서 꿈을 진행시킵니다
그가 수면의 한끝을 잡고
그녀가 수면의 다른 한끝을 잡고
물을 뒤집습니다
자, 물 위에 앉아볼까요? 허리를 꼿꼿이 세우고
다리를 쭉 폅니다 됐지요? 이번엔 물 위에 눕기
머리부터 발끝까지 물결입니다 다음
물 위에 두 다리를 벌려 일자로 뻗기

물이 팽팽하게 두 다리를 잡아당겨줍니다
시간이 당신의 시선을 잡고
조심스럽게 물을 다시 뒤집습니다
수천 마리 새의 날갯짓 소리가 물을 이끌고
수문을 빠져나갑니다 그와 그녀도 함께
수문을 빠져나갑니다
푸른 타일 바닥엔
물그림자들이 어지러이 춤을 춥니다

테이블과 우는 여자

사람들이 무심히 그녀의 얼굴 속에 발을 넣고
눈물을 밟았다

그 여자는 보이지 않고 떠오른다
테이블 하나가 내게 다가온다

나는 카운터 안쪽에 앉아 있다
목까지 어둠이 올라와 있다
두 눈은 유리컵 속에서 초점이 없다

오후 네 시의 햇살이 가게 주변을 어슬렁거린다
가게는 환하고, 아직 손님이 없다

테이블 하나가 내게 다가온다
나는 테이블을 쓰다듬는다
그 여자의 머리, 그 여자의 어깨

어둠이 먼저 찾아오고

눌어붙은 기름때처럼 손님들이 온다
왁자지껄한 소음과 고기 타는 냄새가 피어오른다
사람들의 눈 속에서 술잔이 깨진다

테이블은 서서히 떠오른다
내 머리 위로 사뿐히 떠오른다

사람들의 눈은 벌겋게 달아오른다

공중에서 여자가 떠다닌다
테이블에 앉은 자세 그대로 둥둥

그녀를

며칠 동안 말을 잃은 그녀를
툭툭 건드린다

이 반짝이는 햇살,
눈부셔 몸의 수술 자국마저 지우는
이 간지러움
투명한 물 한 주먹을 내 손 위에서
쥐고 있는 유리컵
나는 입술에 물을 적시고
유리컵을 마당 한가운데로 던진다
산산조각 나며 햇살 속으로
가볍게 숨어버리는 유리 조각들
반짝이는 뜰의 한가운데로 나는
맨발인 그녀를 유인한다

햇빛에 눈을 찡그리며 걸어오는 그녀
살갗을 찢고 뼛속까지 유리 조각이 박히면
상처에 다시 상처가 박히면

그녀는 입을 열까?
그녀가 반짝이는 햇살 조각을 밟는다
뜰의 그늘처럼 그녀의 발밑으로
흘러나오는 피, 피가 묻어나는 발로
그녀가 말없이 나에게 걸어오고 있다
말없이 거울 속에서, 나는
아픈 그녀를 안을 수도 없이
우두커니

제3부

지하도

들여다보면 뒤통수가 비치는 괴이한 거울
이곳에선 모든 사람들의 뒤통수가 보인다
앞에서 걸어오는 사람의 얼굴도 뒤통수다
둥글고 검은 머리통들
누구도 뒤돌아보는 일 없이 지하를 걷는다
뒤통수 몇몇이 바닥에 떨어져 구른다
사람들이 뒤통수에 걸려 기우뚱거린다
짧은 통로의 중간
한 사내가 좌판을 벌이고 앉아 있다
모자 속 사내의 얼굴도 뒤통수다
검은 비옷을 입은 사람이 사내의 뒤통수와
흥정을 한다 빗물이 떨어지는 손끝에서
사내의 뒤통수 속으로 지폐 몇 장이
은빛을 내며 사라진다 작은 뒤통수를 담은
검은 비닐봉지가 거래된다 사람들은 대부분
빠르게 이 통로를 지나간다
한 여자가 좌판 위에서 거울을 집어든다
들여다보면 뒤통수가 비치는 괴이한 거울

모빌

거미줄 하나를 손으로 걷어낸다 앗! 손가락이 베여나갔다 거미줄에 새우깡처럼 손가락 하나가 매달렸다 여덟 살 여자아이는 계속 거미줄을 걷어낸다 허공에 손가락 다섯 개

어머니는 수도에서 폐수가 나온다고 밥을 짓지 않았다 한밤중에 수돗물로 지은 밥은 새까맸다 한 입 한 입 떠 넣을 때마다 가족들의 얼굴이 어둠에 먹혔다 외국에 나가 있는 아버지는 여기가 밤일 때 거기는 낮이라 여기가 낮일 때 거기는 밤이라 전화를 받지 않았디 쓰레기통을 뒤지는 언니는 두고두고 팽팽하게 부푼 우유와 푸른 식빵을 먹었다 어머니는 샤워기에서도 폐수가 나온다고 씻지 않았다 삼촌은 멀쩡한 다리를 절며 집 안을 돌아다녔다

거울이 바닥에 떨어지며 쩡 갈라졌다 거울 조각에 가족들의 얼굴이 떨어져 박혔다 천장에서 거미줄이 죽죽 내려왔다 줄 끝에 매달린 꿈틀거리는 공기, 거미들이 거울 조각들을 가뿐히 들어올렸다

현관 입구에는 가족들의 머리가 가는 줄에 매달려 대롱거린다

골목의 저녁

집을 구하러 들어간 골목

담벼락들이 등가죽처럼 트기 시작한다

집주인이 흔드는 열쇠 꾸러미

쇳조각 소리를 따라

계단을 내려간다

1층에서 아래로 일곱 칸

지면에 걸린 하얀 창문

밤마다 기웃거린 사내들의 발목을

살을 깎아 하얗게 매달아놓았다

가구를 들어낸 벽, 드러난 속살

벽에 세워진 사각의 틀에

흰 그림자를 집어넣고

가구들은 사라졌다

어느 여자의 입에 붙여졌던 투명 테이프

손과 발이 묶인 채

움직이는 흰 그림자

가구 밑으로 깊숙이 밀어 넣었던 사건

장판 위에 뒤집혀 박힌 신문지 글자들

골목을 나온다

쩍쩍

담벼락들이 갈라지며 그 틈으로

가구들이 빠져나온다 집 밖으로

종기처럼 다닥다닥 매달리는 가구들

한순간 모든 사람들이 일제히

입을 다무는 골목의 저녁

흰 그림자와 마주치고

밀어 넣었던 어떤 기억의 현장에서

골목은 종이로 돌돌 만 흉기를 든다

나비와 엘리베이터

나는 혼자 상자 속으로 들어간다

상자는 아래로 빠르게 움직인다

두 발이 뜨고 가슴이 철렁 흔들린다

형광등이 깜박깜박 어둠을 긁어모은다

상자와 형광등은 내통한다

한쪽에 붙은 거울이 내 머리카락을

빨아들인다 빨려 들어가는 머리카락 위에

나비 한 마리가 붙어 있다 휘몰아치는 바람에

나비는 날개를 바르르 떤다

어둠의 속도와 거울은 내통한다

거울은 내 몸을 발바닥까지 빨아들였다가

내뱉는다 검은 아가리로 머리카락을 쏟아낸다

상자 속에는 가득히 머리카락이 찬다

나는 턱, 숨이 막힌다

눈앞엔 숯처럼 갈라진 검은 물결,

다 타버린 집의 공기,

죽은 글자들,

밖에서 문을 잠근 다락방,

얇은 먼지로 한 칸 한 칸 꺼져 내려가는 계단,

나는 머리카락 사이사이에 손을 넣어

주위를 더듬는다 물결 사이사이에

가시처럼 걸린 내 몸뚱어리

흩어진 가슴을 더듬으면

너덜너덜하지만

아직은 부드러운 나비

어둠의 토르소

비가 밤새 쏟아졌는데
택시는 계속 달렸나 보다

잠에서 일어나 마주한 벽에는
그림자에 목이 없다

수돗물이 자정을 넘어 서서히 끊어지다

택시는 달리고, 비는
공기주머니처럼 부푼 트렁크를
계속 두드렸나 보다

비닐에 싸여 여자들이 묶였나 보다

수도꼭지에서 물방울이 툭,
누군가의 마지막 숨을 건드린다

택시가 중간중간 정차하고

잘린 무게를 버렸나 보다

어둠 속에서
어둠은 자꾸 밤을 잘라내고

아픈 조각들은 어디로 가는 걸까

잠에서 일어나 걷는데
아찔한 벽, 그림자에 팔과 다리가 없다

도시 환상

나는 달린다
트럭에서 떨어져 내리는 박스처럼
빌딩의 불 켜진 창들이
눈앞으로 뛰어드는
아찔한 도로
밤의 4중 추돌 사고 속으로 달린다

나를 기다리고 있는 사물들
버튼을 누르면 따뜻해지는 육체
네모난 원룸 속으로 자동차를
고스란히 끼워 넣어야 할 시간
그 속에서의 딱딱한 잠을 미루고
나는 집을 지나친다

새벽길
한 소녀가 걷고 있다
집을 나온 소녀는
몸 여기저기에 발자국을 달고 있다

소녀의 그림자 속에는 아직
한 사내의 다리 한쪽이 길게 박혀 있다
나는 가만히 소녀를 스쳐 지나간다
생머리를 가볍게 날리며 소녀가
사이드미러 속으로 들어온다

모퉁이를 돈다

사거리
불 꺼진 란제리 상점
스위치를 꽂은 몸이 환하게 서 있다
두 팔과 두 다리, 목이 잘려 있다
몸은 아래위 속옷을 걸치고 있다
나는 상점 앞을 지나간다
환한 토르소가 차 유리창에 미끄러진다

갓길
여자가 맨발로 계속 달리고 있다

깜박이는 노란불 속으로
나도 달린다

중앙선
뒹구는 상자들 속을 달린다

덜컹덜컹 트렁크 속에선 흰 손들이 나와 날리고
헛도는 타이어 밑에선 검은 머리카락이 줄줄
흘러나온다

나는 계속 액셀을 밟고
자동차는 빌딩의 23층 창문에 걸쳐 있다

여관으로 길을 끌고

사람들이 여관으로 길을 끌고 들어간다
집이 없는 소녀는
홍등이 켜진 복도에서
길을 펼쳐놓고 서서 오줌을 눈다
동글게 퍼진 원피스가 소녀의 집
오줌이 소녀의 다리를 타고 흐르는 동안
203호 문이 열렸다 닫힌다

욕실 바닥으로 물소리가 맥박처럼 뛴다
서류 가방에 둘둘 말아 욕실 앞까지
길을 끌고 온 사내
욕조에 물을 가득 받아놓고
발가벗긴 길을 담근다
흰 손목을 욕조 밖으로 내놓는다

붉은 가로등이 뚝뚝
간판 위에 녹물을 떨어뜨린다
비틀거리며 뛰어든 그림자

여관 주인의 얼굴에 검은 침이 튄다
그림자의 얼굴에서
시퍼런 칼이 튀어나온다
칼이 꽂히자 꿈틀대는 길
붉은 길이 쓰러진 여관 주인을 덮는다

구급차가 지나가고 나면
흐느적흐느적 누군가
검은 머리가 허리까지 닿고 가슴이 처진
길을 끌고 여관으로

기억이동장치 3

막다른 복도, 벽이
마른 식빵 조각처럼 세워진
작은 방들, 그녀와 나 사이에는
한 겹의 살 껍질

그녀가 벽에 등을 비벼댄다
드륵드륵, 벽에 닿은 나의 등에서도
소리가 난다 그녀가 등을 세우고 운다
내 등도 흔들린다

구멍이 숭숭 뚫린 어둠
그녀의 등, 죽 그어진 손톱자국
갈라진 살가죽 속에는
숨이 멎은 소녀 얼굴

그녀의 갈라진 등을
가만히 더듬는다
깊게 박힌 검은 소녀 얼굴을

죽은 기억의 이목구비를

손톱으로 살살 파낸다

밤새

어제보다 벌어지고

깊게 파인 등, 검은 깨알처럼

드러나는 소녀 얼굴

등에 거울을 대고

언덕에 매장된 검은 나체들

집들의 일부분을 깎아먹고
가파르게 서 있는 언덕
다가오는 그림자의 머리통을 잡아챈다
숨을 헐떡이는 그림자를
언덕은 맨 꼭대기까지 끌고 간다
그리고 거기서 해치운다
머리를 지우고 어깨를 깎아낸다
허리를 낚아채고 무릎을 갈아버린다
마지막으로 그림자의 발목을 도려내며
사람의 발목도 함께 도려낸다
사람들이 언덕 위에서 사라진다
어둠도 오르다가 미끄러져 내리는 새벽
언덕은 조용히 자신의 등을 돌아본다
잘라먹은 그림자들이 울퉁불퉁
등에서 튀어나온다

내가 집의 일부분을 깎아먹고
벽에 등을 세우고 앉아 있다

등 속에서 그녀가 내미는 머리 때문에
아파 그가 내미는 무릎 때문에 아파 당신이
내미는 치아 때문에 아파

한밤중 내가 내 등을 돌아보다

붉은 손가락과 담배

밤에 만진 피
아침의 연기

목욕탕 옥상에서 떨어지는 흰 물체를 생각해
굴뚝에서 펑펑 뿜어져 나오는 수증기 기둥 옆에서
그는 자살하기 전에 담배를 한 대 피웠을 거야
몇 모금 빨다 만 담배의 무게를 먼저
건물 아래로 던졌을 기야

흰 육체를 입에 물고
아침 공기의 비린 냄새를 빨아들이고 있어
이른 시각부터 사람들은
골목 구석구석에서 튀어나와
버스 정류장에서 무리를 짓네
지하철역 입구로 연기처럼
스며드는 입자들

건물 아래 흐트러진 너의 육체를

창밖으로 머리를 빼고 내려다본다
공중에 떨어낸 담뱃재가 먼지로 흩어졌다가
햇살이 되었다가 사라지는 눈빛이 되었다가
몸이 되었다가 너와 나의 무슨 관계가 되었다가
도대체 아무런 관계도 되지 않았다가

밤새 너를 만졌는데
손에 피가 묻어 있다

도시 안마

매끈한 거리가 당신을 이끕니다 당신
피로하지요? 피가 잘 도는 손이 필요합니다
형광의 간판들이 도려낸 허벅지 살처럼
걸려 있는 거리
도시의 문신술사는 보이지 않는 곳에서
여자의 허벅지에 문자를 파고 있습니다
오늘 자정에 걸 간판을 새기고 있습니다
당신 피로하지요? 푸른 가운을 걸치세요
사람들이 걷고 있습니다
거리의 속도에 맞춰 간판들의 냄새에 취해
발걸음이 휘청거립니다
건물과 건물의 경계 혹은
오래전 사라진 건물의 문을 열고
부드러운 손이 스멀스멀 흘러나옵니다
당신의 가운 속으로 들어가
딱딱하게 뭉친 살을 주무릅니다
그 손끝에서 사르르 살이 녹아 흐릅니다
당신은 거리를 걷다가 전신이 마취되거나

눈부신 간판 속에 갇히는 날벌레처럼
가볍게 납치됩니다
매끄러운 손이 당신의 살을 주물러
가운 속에서 당신을 실종시킵니다
텅 빈 당신은
건물과 건물의 경계 혹은
오래전 사라진 건물의 문 속으로
빨려 들어갑니다
도시의 손이 분주히 움직이는 동안

집들은 어디로 사라지는가

1

날이 흐리고
4층 회색 건물이 하늘에 섞인다
있는 듯 없는 듯한 사물, 옥탑
바람이 창문을 꿰자 집은 사라진다
이제 막 문을 따던 남자도 함께 사라진다
미처 사라지지 못한 그의 그림자가
아래층 건물 벽에 흘러내린다

2

밤이 되자 집은 서서히 어두워진다
불이 활활 타올랐던 자리부터 어둠에 먹힌다
어둠은 여자의 얼굴부터 날름 먹어치운다
집은 어제 심하게 화재를 당했다
타고 남은 집의 골조가 완강히 어둠을 버틴다

어둠은 이빨을 드러내고
불에 익은 누런 뼈를 아작아작 씹어 먹는다
집은 완전히 사라진다
여자는 모자를 꾹 눌러쓴다 불타버린 집이
여자의 얼굴 속으로 들어가 다시 불타오른다

3

한낮 굴착기가 집을 파고 들어간다
등에 가족을 업은 사람들이
파먹혀 들어가는 집의 뒤로, 그 위로
하루하루 피신한다 가동이 무너지면
나동으로, 1층이 무너지면 2층으로,
2층이 무너지면 3층으로,
한낮, 가족을 업은 사람들은
옥상에서 햇살의 계단을 밟고 오른다
떠오르는 그들의 발끝에서

집이 사라지고, 길이 지워진다
공중에서 내려오지 못하고
흰 발목들이 한낮을 서성인다

얼굴

한밤중에 연 냉동실, 가득
고기 살점이 랩에 싸여 있다
검붉고 가늘게 얽힌 근육, 울음
누가 하루에 한 방울씩 뽑은
내 피를 여기 모아놓았나
눈이 얼어 눈물도 흘리지 못하는
플러그를 뽑으면
줄줄 녹아 흘러내릴

콘택트렌즈

몸이 일부분 비밀로 사라지는 놀이를 시작해 잠에서 깨어
이불을 떠들어보니 한쪽 다리가 없어 욕실의 하얗고 매끄러운
벽에선 골반이 사라지지 핏물은 갈라진 타일 틈으로 흘러 버
스 유리창에 머리가 새똥처럼 으깨져 없어지기도 해 너를 기
다리는데 어깨가 쓱쓱 벤치 속으로 들어가지 뭐야 길을 가다
보면 슬쩍슬쩍 사라져 결국 집까지 발목 없이 왔지 가만히 들
여다보면 떨어진 눈알이 가슴에 붙어 있어 살짝 떼어내면 아
직 부드럽지 끊어진 손목을 식염수에 담가놓아

나비와 여자

1

지나가는 여자의 한쪽 눈에 나비가 들어 있다
동공이 사라진 회색 소용돌이

2

눈이 마른다 깊은 곳에서부터
가슴이 퍼 올린 물과 자궁이 퍼 올린 물이
함께 마른다 눈물샘이 마르고 저녁이 마르고
집으로 가는 길이 마른다 눈꺼풀이 말라
벽돌처럼 단단하다 눈 속에서 잠든 나비가
안구 뒤쪽에 붙어 있다가 앞쪽으로 움직여
동공을 덮는다 나비는 날개 밑으로
물 한 톨을 조심스럽게 붙들고 있다
기억의 집에서 털어 온 물 한 방울이
이동을 꿈꾼다

3

갓길을 톡톡 더듬으며 여자가 걸어온다
머리 위에 검은 나비가 난다 어느새
여자의 눈에서 빠져나온 검은 관이
공중에 떠다닌다

4

나비가 날개를 젓자
눈에서 눈물 한 방울이 톡 날아오른다

흐르는, 증발하는 그녀들의 환상통로

이 광 호

때로 한 신인의 첫 시집은 새로운 연대의 예감이 되기도 한다. 한국 현대 시에서 '여성적 시 쓰기' 혹은 '여성 – 몸으로 시쓰기'는 어떤 지점을 지나고 있을까? 신영배의 첫 시집은 그 상상적 지도에서 날카로운 징후들을 머금고 있다. 한국 현대 시의 미학적 전위가 '여성적 상상의 모험'이라는 전선을 따라 이동했다면, 2000년대의 젊은 여성 시인들은 그 시적 육체 속에서 불온한 다성성(多聲性)을 폭발시킨다. 신영배의 시에서 '여자 혹은 소녀의 몸의 상상력'은 낯선 '물의 담화'와 '물의 드라마'를 생성한다. 먼저 신영배의 시에서 '소녀'와 '소녀의 몸'이 '물속'에서 등장하는 장면들을 보자.

몸속에 소녀가 들어서는 때가 있다

애 들어서듯이 내 몸에 입덧을 치는

소녀가 있다 어둠 속에서

그런 날엔 암내도 없이 내 몸은 향기롭다

내 몸에 소녀가 들어서는 날을 어떻게 알고

아버지는 어김없이 나를 찾아온다

이십 년 전 죽은 젊은 얼굴을 하고

소녀를 찾아온다 그러고는 운다

소녀는 아버지의 눈물을 처음 본다

소녀도 운다 말간 몸뚱어리를 물처럼

서로의 몸에 끼얹어주는 풍경

눈물이 내 몸속에 양수처럼 차오른다

내 몸에서 물이 빠져나가는 시간

소녀도 아버지도 빠져나가고 나면

내 몸은 누운 채로 보얗게 굳어 있다

—「욕조」 전문

이 시의 발화 주체는 '내 몸'이다. '내 몸' 속에서 벌어지는 사건의 기록이다. 그 속에서 어떤 사건이 벌어진 것일까? 욕조 속에 누운 '내 몸' 속에서 소녀가 '들어선다'. '들어선다'라는 표현이 말해주는 것처럼, 그것은 하나의 몸 안에 다른 몸이 시작되는 사건이다. 이것은 '나'의 소녀-되기와는 다르다. 존재론적 전환의 사건이 아니라, 몸이 다른 몸의 '방문'을 받는 일. 문제적인 것은 그다음. '소녀가 내 몸에 찾아오는 날' "아버지는 어김없이 나를 찾아온다". '아버지'의 방문과 '소녀'의 방문이 동시에 이루어지는 것은, 이 사건이 지금-이곳과는 다른 시간의 틈입이라는 것을 암시한다. 아버지가 "이십 년 전 죽은 젊은 얼굴을 하고/소녀를 찾아온다"라는 문장을 주목할 수 있다. 아버지가 찾아오는 장소는 '소녀의 몸'이다. 그리고 아버지는 처음 '운다'. 아버지와 소녀의 울음은 이 장면을 "말간 몸뚱어리를 물처럼/서로의 몸에 끼얹어주는 풍경"으로 만든다. '소녀의 몸'과 '아버지의 몸'은 '눈물-물'을 매개로 섞인다. 왜 '눈물-물'인가? 여성의 몸은 흔히 물과 같은 존재로 규정된다. 그러나 물은 단순히 수동적인 존재가 아니다. 물은 '수행적인' 존재이다. 물은 하나의 형태로 규정되지 않는다. 물은 도처에 스며들어 있고, 순식간에 넘쳐나거나, 갑자기 증발한다. 물은 존재를 씻기고 또한 존재를 실어 나른다. 이 장면에서 물은 서로의 존재를 씻어주고 또한 접촉하고 뒤섞이게 한다. 물은 '나-몸'을 타자와 만나게 하고 타자에 스며들게 한다. 물은 심지어 아버지마저도 소녀의 몸처럼 부드럽게 만든다.

이 기이한 장면을 무엇이라고 부를까? 화해의 장면이라고 말할까? 아니면, '소녀와 아버지의 시간'의 귀환, 혹은 '억압된 것의 귀환'이라고 부를까? 그것은 '나'라는 초월적인 존재가 '소녀'와 '아버지'를 동일화하는 장면이 아니다. '내 몸'은 '소녀'와 '아버지'가 살았던 다른 시간, 다른 몸과의 접촉을 통해, 자기 몸 안에 타자를, 타자의 고통을 불러들이고 용해한다. 중요한 점은 이 장면이 '나-몸'이 말하는 사건이라는 것, 그리고

'나-몸' 속에서 이루어지는 사건이라는 것. 그리고 물을 매개로 벌어진 사건이라는 것. 그러나 그 사건은 지속되지 않는다. "내 몸에서 물이 빠져나가는 시간"은 "소녀도 아버지도 빠져나가"는 시간이다. 다른 시간의 방문은 지속되지 않고, '나-몸'은 또 다른 시간 속에서 놓인다. '물의 증발'은 다른 시간의 방문을 마감하게 한다. 물은 내 몸속에 다른 몸이 들어와 섞이도록 만들었지만, 또한 그 상태에 머물지 않는다. 물은 증발이라는 방식으로 자신의 존재성 혹은 수행성을 최후로 증거한다. 그러고는? 타자의 몸을 실어 날랐던, 그 물의 기억이 남는다. 그렇다면 이 시의 제목인 '욕조'야말로, 한때 물을 담았고 어느 순간 그 물이 빠져나가는 공간으로서의 '나-몸'이 아닐까? '욕조'는 어떤 몸도 물로써 감싸 안을 수 있는 부재의 장소라는 맥락에서 여성적인 몸이다. 욕조란 그렇게 여성적 몸의 공간 하나를, 그 공간에서 벌어진 몸의 사건 하나를 보여준다. 몸이 물을 매개로 벌어지는 사건들은, 신영배 시의 하나의 원초적인 장면이다.

여자의 손톱 끝에 마른 피가 조금 남아 있다
그녀는 간신히 한 남자의 기억을 손끝에
움켜쥐고 있다 자라난 손톱을 시간이
다가와 바짝 잘라낸다 마른 피가 툭툭
여자의 허벅지 위로 떨어진다 밤새
여자의 손이 흰 치마에 묻은 마른 피를

찬물에 지우고 있다

사랑했던 남자의 잘린 손목을 지우기 위해

얼마나 많은 물을 퍼 올려야 할까

물을 퍼 올릴수록 몸속에는 더 깊은

사막이 내려앉는다 얕은 물길을 따라

사막의 짐승들이 내 몸 밖으로 메마른

울음소리를 낸다 볼 위로 흐른 눈물

속에 구부정한 사막의 짐승이 말라 있다

―「마른 피」 부분

등단작인 「마른 피」에서도 이 원초적인 사건이 등장한다. "봄 햇볕이 피처럼 마른다"로 시작하는 이 시에서, 봄에 벌어지는 '황사'의 시간은 "내 몸이 사막"이 되는 시간이다. 첫번째 연에서 그 시간 속에는 "일사병에 걸린 소녀가 쓰러지"는 사건이나, "허연 나체의 여자들이/현기증처럼 몸속에서 피어났다가/순식간에 마"르는 사건이 벌어진다. 봄의 시간은 그렇게 여자의 몸 안에서, 여자들의 증발 사건을 야기한다. 그런데 이 시에서 그 물은 '피'의 이미지와 만난다. '피'는 몸속에 들어 있는 물의 구체적이고 직접적인 이미지다. 피는 물이 지닌 투명성과 유연성 대신에 좀더 강렬한 점액질의 육체적 내용을 지닌다. 두번째 연에서 여자의 손톱으로부터 떨어지는 피와 '남자의 기억'은, 이 시를 물의 사건이 아니라, 피의 사건으로 선명하게 각인시킨다. 여기서 '피/물'의 상상적 관계가 재문맥화된다. 어떻게? '찬물'

은 '마른 피'를 지운다. 물은 '피-남자의 잘린 손목-남자의 기억'을 지우는 매개이다. '마른 피'의 기억을 지우기 위해 "물을 퍼 올려야" 하고, 그 과정에서 "몸속에는 더 깊은 사막이 내려 앉"고, 그 속에서 '사막의 짐승들이 마른다'. 앞의 시에서 물이 '다른 몸-시간'을 호출하는 매개였다면, 이 시에서 물은 '다른 몸-시간'의 흔적을 지우는 것이다. 하지만 역시, 물이 등장하는 시적 장면들은 '증발'로 귀결된다. 증발은 몸의 물, 혹은 물의 몸의 피할 수 없는 마지막 시간인 것처럼 보인다. 그 증발의 사건은 역설적으로 새로운 생명이 시작되는 '봄'에 벌어진다.

해가 머리 위로 움직인다
계단 위 물 한 칸이 마른다
계단 위 그림자 한 칸이 마른다
바람이 사람처럼 지나간다
다시 한 칸 물이 마른다
다시 한 칸 그림자가 오그라든다
뒤에서 문이 열렸다 닫힌다
소리 없이 그늘이 열렸다 닫힌다
마지막 한 칸 물이 마른다
마지막 한 칸 소녀가 지워진다

—「정오」 부분

물고기들이 여자의 종아리를 베고 흐른다

물의 방향을 따라 매끄럽게

물결을 뒤집으며 거칠게

무릎까지 튀어 오르는 물고기들

예리한 물의 비늘, 아찔하여 눈을 감으면

쏼쏼, 물소리가 여자의 기억을 거슬러 오른다

허연 살빛으로 길이 벗겨진다

늙은 나무는 기둥을 길처럼 펼치고 있다

그 길로 기어오르는 물고기를 잡아채고 있다

저기 사내가 나타났다

여자는 얼른 길 위의 물살을 걷어치운다

물고기들이 사라진다

길 위에

여자의 붉은 종아리

——「길 한 토막」 부분

물이 마르는 또 다른 시간대는 '정오'이다. 이 시에서 '화분 밑으로 흘러내린 물'은 계단을 젖게 하고, 소녀의 그림자 역시 흘러내린다. 그런데 "해가 머리 위로 움직"이는 정오의 시간대가 되면, 젖었던 계단 한 칸 한 칸의 물이 마르고, 그림자 역시 '오그라든다'. 물의 증발과 그림자의 축소의 상상적 관계, 그 한 가운데에 소녀라는 존재가 있다. '소녀-그림자-물'은 서로 연결되어 있는 존재들이다. 「길 한 토막」에서 물은 다른 방식으로 등장한다. 여자는 아마도 길거리 좌판에서 생선을 팔고 있었던 것 같다. 여자가 처진 걸음으로 접어든 길은 어느 순간, 물고기들이 "여자의 종아리를 베고 흐"르는 공간이 된다. 물소리는 "여자의 기억을 거슬러 오른다". 그러나 '사내'가 나타나면, "여자는 얼른 길 위의 물살을 걷어치운다". 여기서 물의 증발은 '사내의 등장'이라는 외부적인 요인과 관련된다. 두 편의 시에서 여자, 혹은 소녀의 존재는 '흐르거나' '증발하는' 존재들의 사건의 중심에 있다. 이 원초적인 '물의 사건들'의 근저에 또 다른 무엇이 있을까?

숨죽이고 아이 하나가 태어나고 자라는 방, 피복에 싸인 전선처럼 아버지의 사지가 방 구석구석에 꼬여 있어요 벽의 콘센트에 꽂힌 아버지의 굵은 혈관, 어머니가 물 묻은 손으로 위태롭게 말을 걸죠 소녀는 아버지의 사지가 뻗지 않은 높은 곳에 눈알을 매달아요 수도 파이프 속을 흐르는 물소리가 항상 어머니를 따라다니고 사팔뜨기 소녀에겐 거울들이 달라붙죠 어머니는 오늘 물로 어떤 음식을 만들까요? 식탁은 어두워서 서로 얼굴을 보지 않고 식사를 해요

　　　　　　　　　　　　　　　　　　　──「집과 소녀」 부분

의자에 앉은 여자는 허벅지가 저리다
사는 게 살을 도려내는 거라고
여자는 생각한다
수면이 점점 내려가

바닥에 꿈틀대는 고양이 등에 내려앉는다
물고기는 등이 서늘하다
식당의 낮은 탁자 속에 두 다리를 집어넣고
늙은 여자가 잠을 잔다 한쪽으로
몸을 웅크렸다 등에 칼이 꽂혀 있어
그녀는 바로 누울 수 없다
수족관을 다 빠져나온 물이 천천히
바닥을 기어 집 밖으로 나간다

—「검은 수족관」 부분

  그런데 여기에는 '갇힌 물'들이 있다. 「집과 소녀」에서 소녀
가 태어나고 자란 방에서 아버지의 굵은 혈관은 벽의 콘센트에
꽂혀 있고, 어머니의 노동은 언제나 물과 연관되어 있다. "수도
파이프 속을 흐르는 물소리가 항상 어머니를 따라다니"고, 언제
나 물로 음식을 만들어야 하기 때문에, 어머니는 그 물의 노동
으로부터 벗어나지 못한다. 그러나 시의 후반부, 그 어둠의 집
을 뒤집는 장면에서 소녀는 '집 밖'으로 나와 있다. 「검은 수족
관」의 늙은 여자는 수족관 앞의 고단한 자기의 삶을 생각한다.
그 여자의 몸에는 "등에 칼이 꽂혀 있어/그녀는 바로 누울 수
없다". 늙은 여자는 아마도 이 검은 수족관의 공간을 벗어날 수
없을지도 모른다. 그러나 수족관을 빠져나온 물은 "바닥을 기
어 집 밖으로 나간다". 두 편의 시에서 여자의 고단한 노동은
물의 공간 속에 있다. 어쩌면 그 물은 여자의 삶과 몸을 가두는

것이다. 그러나 물의 상상적 존재론은 여기에 한정되지 않는다. 물이 여자의 몸과 생을 가두지만, 결국 물은 그 감금 사이로 빠져나가는 존재이다. '갇힌 물'로부터 '흐르는 물'의 움직임이 시작된다. 어쩌면 물의 감금은 물의 탈주라는 사건이 벌어지는 존재론적 조건이 된다.

연애는 당신의 몸을 안는 것부터 시작합니다 당신의 몸은 이미 상해서 조심스럽게 안아야 합니다 봉분 속으로 들어가 당신이 누워 있는 관 속에 내 몸을 꽉 끼우고 당신을 안는 것이 꿈의 전부입니다 내 몸도 많이 상했어요 살짝 안아주세요 당신의 사타구니에서 물이 줄줄 흐릅니다 내 몸에서도 물이 줄줄 흐릅니다 물과 함께 살이 줄줄 흘러내려 당신과 나는 살의 가죽을 모두 벗었습니다 마지막 남은 눈물 한 방울이 텅 빈 심장 속으로 떨어집니다 그 물소리에 꿈의 껍질이 살짝 벗겨집니다
　　　　　　　　　　　　　　　　──「죽은 남자 혹은 연애 1」 부분

바닥엔 검은 물이 팽팽했다 나는 그의 옆에 두 손을 짚고 엎드렸다 무릎을 타고 검은 물이 올라왔다 나는 아래를 내려다보았다 물속에서 내가 얽은 얼굴을 하고 나를 올려다보고 있었다 그 옆에 선 그의 허연 해골이 그를 올려다보고 있었다 물결이 그의 가슴 쪽으로 휘말렸다가 다시 나의 가슴 쪽으로 휘말릴 때 우리는 서로의 물 그림자를 바꿔 가졌다 내가 물에 입을 갖다 대자 딱딱한 해골이 이빨에 거세게 부딪혔다 그가 물에 얼굴을 댔다가 떼었을 때 그

의 얼굴은 검은 구멍이 숭숭 뚫려 있었다

　　　　　　　　　　　　　　　　　　　　　—「죽은 남자 혹은 연애 3」 부분

　'연애'라는 사건 역시, 기본적으로는 '물의 사건'이다. 그런데 그 연애는 죽은 남자와의 연애이다. 연애시적 화법을 빌린이 연작시들에서 '당신' 혹은 '그'는 이미 죽은 혹은 죽어가는 존재이다. 그래서 "물과 함께 살이 줄줄 흘러내려 당신과 나는 살의 가죽을 모두 벗"게 되는 장면, 혹은 "물결이 그의 가슴 쪽으로 휘말렸다가 다시 나의 가슴 쪽으로 휘말릴 때 우리는 서로의 물 그림자를 바꿔가"지는 장면에서, 물은 죽은 존재를 대면하게하는 매개이다. 죽은 남자와의 연애는 '꿈의 껍질'이 벗겨지는일이며, 물속의 '얽은 내 얼굴'을 대면하는 일이다. 물은 이제단순히 여성적인 이미지도 아니며, 정화의 매개도 아니다. 물은죽음 속에서 사랑을 감각하게 만드는, 혹은 사랑 속에서 죽음을감각하게 만드는 사물이다. 첫번째 시에서 물이 흘러내리는 몸의 소멸을 보여준다면, 두번째 시에서 '검은 물'은 '나'와 '그'의죽음을 스스로 마주하게 하는 거울이다.

　　비가 내릴수록 강은 어둠으로 수면으로 올라갑니다
　　아슬아슬 수면에 올라서 있는 그림자
　　물에 떠내려간 몸뚱어리를 찾고 있는
　　반쯤 혼이 나간 그림자

덜컥,

발이 빠집니다

강가에는 자신의 그림자를 꺼내 덮고 누워 있는 사람들

온몸을 고스란히 어둠으로 칠하고 물에 불은 사람들

기억은 검은 비닐을 떠들어

익사한 사람의 얼굴을 대하는 것만큼 차갑습니다

그녀는 그냥 집으로 돌아옵니다

손에 쥐여 있던 손을 도로 유리창에 붙여둡니다

훅, 비린내가 체쳐처럼 일고

여기저기 숨어 있던 지문들이 살아나는 새벽

——「기억이동장치 1」 부분

　「기억이동장치 1」에서 그녀의 '이동'을 이끄는 것은 "유리창
에서 불뚝불뚝 솟아난 손"이다. 그녀가 이동한 곳은 '강가'. 그
녀의 그림자는 "자신보다 빨리 손을 따라"간다. 강에서 그녀가
대면하는 것은 "자신의 그림자를 꺼내 덮고 누워 있는 사람들"
과 "온몸을 고스란히 어둠으로 칠하고 물에 불은 사람들"이다.
그런데 여기에서 '기억'이라는 단어가 불쑥 등장한다. 어쩌면
그건 갑자기 등장한 것이 아니었다. "손은 이미 어제의 길을 알
고 있습니다. 그녀는 이 손을 강가 어느 지점에 떼어버려야 한
다는 것을 알고 있습니다"라는 문장에서 암시되는 것처럼, 그녀
의 이동은 '기억'으로의 이동이다. 강가는 그 기억의 "검은 비닐

을 떠들어/익사한 사람의 얼굴을 대하는" 장소이다. 그런데 그 장소는 역시 물로 채워져 있다. 그곳은 "물에 떠내려간 몸뚱어리를 찾고 있는/반쯤 혼이 나간 그림자"의 장소이다. 강은 그렇게 집에 머물러 있는 그녀로 하여금 '익사한 기억의 얼굴'을 대면하게 만드는 공간이다. 물은 시간을 거슬러 올라가는 그림자의 움직임, 몸을 빠져나가는 그림자의 동선이 찾아간 곳이다. 그러니까 기억의 이동을 가능하게 했던 유리창의 손은 "비린내"가 "체취처럼" 묻어 있는 손이고, 그것은 "여기저기 숨어 있던 지문들이 살아나는 새벽" 시간을 깨운다. 그녀를 원초적인 기억의 시간으로 이동시키는 것은 '손-물'이다.

베란다로 통하는 유리문엔
진물이 흐르고 엉킨 잔털들
내 뒤통수쯤
베개 위에 찍힌 발자국
그 위로 떨어지는 깃털
높고 어두운 곳의 붉은빛
흠칫 마주치는 눈동자
장롱 위에 앉은 비둘기

그 틈, 골반만큼 벌려놓고 장롱에서 창문으로 날개의 동선을 그려 비둘기 붉은 눈 앞에서 양팔을 벌리고 자 따라해 퍼덕퍼덕 하늘 나는 시늉을 해 자 이렇게 창문 밖으로 날아 다시 장롱에서 창

문까지 날아 이렇게 내 몸이 붕 떠오르네 내가 내 골반을 빠져나
가는 이야기

머리 위에 비둘기가 앉은 오후
나는 새끼손가락으로 근지러운 귓속을 파고 있어
밖에서 누군가 문을 따는 소리
장롱 위로 오르자

—「환상통로」 부분

그녀들의 상상적 모험은 일상적 공간에서 기이한 환상과 만
난다. 시는 비둘기의 흔적을 발견하는 장면에서부터 시작된다.
"문을 따고 들어"선 집 안에는 비둘기가 들어온 흔적들이 흩어
져 있고, 급기야 "장롱 위에 앉은 비둘기"의 눈과 마주친다.
'나'는 비둘기를 다시 창문 밖으로 보내기 위해, 비둘기의 "날
개의 동선을 그려" 나는 시늉을 해 보인다. 그런데 이 상상적
장면들은 여기에서 그치지 않는다. '나'는 어느 순간 비둘기가
된다. "밖에서 누군가 문을 따는 소리"에 나는 "장롱 위로 오르
자"라고 혼잣말을 한다. '나—비둘기'는 어떻게 서로 연결된 존
재가 된 것일까? 내가 비둘기의 흔적을 발견하고 비둘기의 눈
과 마주쳤기 때문에? 혹은 '나' 역시 비둘기처럼 집 안을 잘못
날아 들어온 존재이기 때문에? 이를테면 시의 초반부에 나오는
"내 사타구니쯤/변기 속엔 붉은 핏물/욕실 슬리퍼에/들러붙은/
덩어리진 피" 같은 이미지들은 단순히 비둘기의 흔적이 아니다.

그녀는 혹시 월경을 겪는 중일까? 혹시 비둘기의 이미지는 그녀의 환상일까? 중요한 것은 비둘기는 '그녀-여성적 육체'가 마주한 이미지이고, 그 이미지는 "내가 내 골반을 빠져나가는 이야기"라는 것. 그것은 월경이자, 출산이며, 몸이 다른 몸을 생성하는 장면이기도 하다. 다른 방식으로 말하면 '내'가 '나'를 낳아 '내 몸' 밖으로 내보내는 시적 서사라는 것. 실재와 비실재의 경계, '나'와 '타자'의 경계를 탈경계화하는 그녀-몸의 '환상통로'.

이 글처럼, 신영배의 시를 '여성적 몸'과 '물'의 상상적 모험만으로 읽는 것은 편협한 오독이다. 신영배 시의 상상적 공간은 그것보다 미끄럽거나 풍요로울 것이다. 그러나 그 오독은 역설적으로 그녀의 시들이 '물'과 '여성성'의 상징 체계를 넘어서고 있다는 것을 발견하게 한다. 물이 지닌 여성 원리는 신영배의 시들에서 결코 단수의 상징 체계로 수렴되지 않는다. '소녀의 시간'을 호출하는 물로부터 '죽은 남자와의 사랑'을 매개하는 물에 이르기까지, 물은 끝없이 흘러다니며 편재한다. 물은 편재(偏在)하지 않고, 편재(遍在)한다. 투명한 물에서 검은 물로, 갇힌 물에서 넘쳐나는 물과 증발하는 물로, 끊임없이 움직인다. 물은 단지 비유의 대상이 아니라, 언술의 방식 그 자체가 된다.

그래서 신영배의 그녀들은 '이동 중'이다. 마치 물의 움직임처럼 그녀들은 흘러넘치거나, 다른 공간으로 흐르거나, 혹은 증발한다. 그 물의 동선을 따라 그녀들은 다른 존재, 다른 시간과 만난다. 그녀들은 남자, 아버지, 짐승과 만나기도 하고, 소녀의 시간을 되살리며 검은 기억의 수면 아래를 들여다보기도 한다. 그녀는 살아 있는 존재들보다는 죽은 존재들에 이끌린다. 그녀는 죽은 남자와 연애를 하고, 죽은 아버지를 호출하며, 익사한 자들의 강가를 서성인다. 살아 있는 실재의 사물들을 호명하기보다는, 흐릿하고 불분명한 환상과 기억의 공간을 배회한다. 그래서 그녀들은 지상에 발을 딛지 못하고 공중에 떠 있는 존재이기도 하다. 일상적 공간에서 공중으로 떠 있는 그녀들(「환상통로」 「오후 두 시」 「테이블과 우는 여자」)이 있는 것이다. 공중에 떠 있는 그녀들은 고통스러운 현실의 지상으로부터 내쫓긴 것일 수도 있다. 그러나 그 공중으로의 유영을 통해 그녀들은 다른 시간, 다른 존재와 접촉한다.

그녀들은 '여성이라는 질병'을 앓고 있는 존재들이다. 그래서 그녀들에 대한 시적 언술은 '물의 담화'처럼 명확한 의미론의 세계를 비껴서 흐른다. 의미의 중심을 세우지 않고, 그녀의 몸에서 흘러내린 점액질의 언술들을 중얼거린다. 그 언술들은 그래서 여성이라는 질환의 증상이자 증후이며, 그것에 대한 주술이다. 그것은 여성적 몸의 상상적 모험이 체험하는 '환상통로'의 기록이다. 의식과 무의식의 틈, 실재와 비실재의 틈에서 그 틈을 탈경계화하는 여성적 언술의 장소. 현실 속의 주변화된 여성적 몸들이 유령처럼 출몰하는 자리. 그 주술은 제도적 문법의 층위에서 보면 과잉의 주술이거나 미달의 주술일 것이다. 그 주술은 여성적 시 쓰기의 다른 몸을 연다. 그 주술이 최후로 향하고 있는 것은 "사라지는 시" 혹은 "내가 사라지는 시"이다. 주술은 시의 '증발'을, 혹은 시적 주체의 증발을 향해 움직인다.
그러니 지금 고개를 갸우뚱거리는 당신, 사라지기 전에 이 시들
을 읽어보시기를……

사라지는 시를 쓰고 싶다
눈길을 걷다가 돌아보면 사라진 발자국 같은
봄비에 발끝을 내려다보면 떠내려간 꽃잎 같은
전복되는 차 안에서 붕 떠오른 시인의 말 같은
그런 시
사라지는 시
쓰다가 내가 사라지는 시

——「시인의 말」 부분

  1975년 출범하여 오늘까지 이어져온 '문학과지성 시인신'이
독자들의 사랑과 문인들의 아낌 속에 한국 현대시의 폴리스Polis
를 이루게 된 사실은 문학과지성사에 내린 지복이기도 하지만
동시에 한국시를 즐겨 읽는 독자들에겐 '상리공생(相利共生)'의
사안이기도 하다. 왜냐하면 한국시의 수준과 다양성을 동시에
측량할 수 있는 박물관의 역할을 이 시인선이 해줄 수 있기 때
문이다. 요컨대 여기는 한국시의 '레이나 소피아Reina Sofia'이
다. 시의 '뮤제오 프라도Museo Prado'가 보이지 않는 게 아쉽
긴 하지만.

  그러나 '문학과지성 시인선'이 현대시의 개성들을 다 모아놓
고 있다고 오연히 자부할 수는 없다. 시인선의 편집자들이 한국
어의 자기장 내에서 발화하는 시의 빛점들을 포집하기 위하여

고감도 안테나를 드넓게도 촘촘히도 작동시켰다 하더라도, 유한자 인간의 "앨쓴"(정지용, 「바다」) 작업은 빈번히 누락과 착오로 인한 어두운 그늘들을 드리워놓기 십상이기 때문이다. 환상과 우연의 힘들은 완전하고자 하는 의지를 김 빼는 한편, 우리의 울타리 바깥에서도 시의 자치구들이 사방에 산재해 저마다 저의 권역을 넓혀나가고 있다는 사실을 확인케 해 새삼 우리를 겸허한 반성 쪽으로 이끌고 간다.

모든 생명적 장소가 그러하듯이 시의 구역들 역시 활발한 대사 운동 끝에 팽창과 수축을 거듭하면서 크게 자라기도 하고 소멸되기도 한다. 때로는 구역의 진화와 시의 진화가 심히 어긋나는 때가 있으며, 그중 구역은 사용을 멈추었는데 시는 여전히 생생히 살아 있을 경우야말로 애달픈 인간사 그 자체가 아닐 수 없다. 외로 떨어진 시 덩어리는 우주선과 잡석들이 빗발치는 망망한 말의 우주의 유랑자의 위상에 처하게 되고 갈 곳 모른 채 표류하다가 서서히 소실의 검은 구멍 속으로 빨려 들어가거나 완벽한 정적의 외진 구석에 유폐된 채로 그 자리에서 먼지로 화할 수도 있을 것이다.

실로 한국 현대시 100년을 경과하면서 역사의 무덤 속으로 들어가기를 거절하고 삶의 현장에 현존하고자 하는 의지를 내뿜는 시뭉치들이 이곳저곳에서 출몰하는 횟수를 늘려가고 있었으니, 특히 20세기 후반기에 출판되었다가 다양한 사연으로 절판되었거나 출판사가 폐문함으로써 독자에게로 가는 통로를 차단당한 시집들의 사정이 그러하여, 이들이 벌겋게 단 얼굴로 불현

듯 우리 앞을 스쳐 지나갈 때마다 우리는 저 시뭉치의 불행과 저들과 생이별하여 마음의 양식을 잃은 우리의 불운을 한꺼번에 안타까워하는 처지에 몰리게 된다.

그리하여 우리는 '문학과지성 시인선' 내부에 작은 여백을 열고 이 독립 행성들을 우리 항성계 안으로 모시고자 한다. 이는 '시인선'의 현 단계의 허전함을 메꾸기 위함이요, 돌연 지구와의 교신망을 상실한 시뭉치에 제2의 터전을 제공하기 위함이요, 독자의 호시심(好詩心)에 모자람이 없도록 하고자 함이니, 이 삼중의 작업을 한꺼번에 이행함으로써 우리는 한국시에 영원히 마르지 않을 생명샘의 가는 한 줄기가 될 수 있기를 소망한다.

이 작업을 통해서 우리는 옛것의 귀환이라는 사건을 때마다 일으킬 터인데, 이 특별한 사건들은 부족을 메꾸는 부정-보충적 행위를 넘어 새로운 시의 미각적 지대, 아니 더 나아가 새로운 정신적 지평을 여는 발견적 행동이 되고야 말리라는 것을 확신하는 바이다. 우리가 특별히 모실 이 시집들의 숨겨진 비밀이 워낙 많다는 뜻을 이 말은 품고 있거니와, 진정 이 시집들은 처음 세상에 모습을 드러내었던 당시 독자를 충격했던 새로움을 보존할 뿐만 아니라 같은 강도의 미지의 새 새로움의 애채를 옛 새로움의 나무 위에 돋아나게 해줄 것이 틀림없다. 그리하여 독자는 시오랑E. M. Cioran이 언젠가 말했듯 "회상과 예감réminiscence et pressentiment이 반대 방향으로 멀어지기는커녕, 하나로 합류하는"(「생-종 페르스Saint-John Perse」, 『예찬 실습Exercises d'admiration』 in 〈저작집Œuvres〉, Pleiade/Gallimard, 2011)

희귀한 체험을 생생히 누리리라 짐작하거니와, 이 말의 주인이 그 체험의 발생주체로 예거한 시인을 가리켜 "모든 시간대에서 동시대인으로 존재하는 사람un contemporain intemporel"이라고 말했던 것과 마찬가지로, 이 체험의 신비함이야말로 모든 시간대에서 최고의 신선도로 독자를 흥분케 할 것이다.

그렇긴 하지만 우리는 이 재생의 사건들을 특별히 꾸리는 별도의 총서는 자제하였다. 그보단 우리의 익숙한 도시인 '문학과 지성 시인선' 안에 포함시키고자 하는데, 우리의 '시인선' 자체가 늘 그런 신비한 체험을 독자들에게 제공해주기를 기대하기 때문이다. 다만 아주 시치미를 떼어서 독자를 정보의 결핍 속에 방치하는 우를 범할 수는 없는 연유로, 처음부터 시작하는 번호에 기호 R을 멜빵처럼 감쳐서, 돌아온 시집임을 표지하고자 한다. R은 직접적으로는 복간reissue의 뜻을 가리키겠지만 방금의 진술에 기대면 이 귀환은 곧 신생과 다름이 없어서, 반복 répétition이 곧 부활résurrection이라는 뜻을 함축할 뿐 아니라 더 과감히 반복만이 부활을 가능케 한다는 주장까지 포함할 수 있을 것인데, 그 주장이 우리 일상의 천편일률적이고 지루하고 데데한 반복을 돌연 최초의 생의 거듭남으로 변신시키는 마법의 수행을 독자들에게 부추길 것을 어림한다면, 그것은 아무리 되풀이 강조되어도 지나치지 않을 것이다. 더욱이나 어느 현대 시인은 "R이 없어서, 죽음은 말 속에서 숨 막혀 죽는다 Privé d'R, la mort meurt d'asphyxie dans le mot"(에드몽 자베스Edmond Jabès, 『엘, 혹은 최후의 책El, ou le dernière livre』,

1973)는 촌철로 언어의 생살을 도려내었으니, R을 통해서만 언어는 존재의 장식이기를 그치고 죽음조차 삶의 운동으로 되살리는 것이다.

그러니 '문학과지성 시인선'의 새로운 R의 행렬 속에서 우리가 독자들에게 바라는 것은 이 한 글자의 연장이 무엇이든 그 안에 숨어 있는 한결같은 동작은 저 시인이 암시하듯 숨통 터주는 일임을 상기해달라는 것이다. 이 혀를 안으로 마는 짧은 호흡은 곧이어 제 글자의 줄이 초롱처럼 매달고 있는 시집으로 이목을 돌리게 해, 낱낱의 꽃잎처럼 하늘거리는 쪽들을 흔들어 즐겁고도 신기한 언어의 화성이 울리는 광경을 마침내 목격하고 청취하는 데까지 당신을 이끌고 갈 수 있을 터이니, 그때쯤이면 이 되살아난 시집의 고유한 개성적 울림이 시집에 본래 내재된 에너지의 분출이면서 동시에 그것을 그렇게 수용하고자 한 독자 자신의 역동적 상상력의 작동임을 제 몸의 체험으로 느끼게 되리라.

(주)문학과지성사